KB109452

비를 맞으며
시를 맞으며

비를 맞으며 시를 맞으며

발행일	2020년 5월 29일

지은이	임진수		
펴낸이	손형국		
펴낸곳	(주)북랩		
편집인	선일영	편집	강대건, 최예은, 최승헌, 김경무, 이예지
디자인	이현수, 김민하, 한수희, 김윤주, 허지혜	제작	박기성, 황동현, 구성우, 장홍석
마케팅	김회란, 박진관, 장은별		
출판등록	2004. 12. 1(제2012-000051호)		
주소	서울시 금천구 가산디지털 1로 168, 우림라이온스밸리 B동 B113, 114호		
홈페이지	www.book.co.kr		
전화번호	(02)2026-5777	팩스	(02)2026-5747

ISBN	979-11-6539-243-7 03810 (종이책)	979-11-6539-244-4 05810 (전자책)

이 도서의 국립중앙도서관 출판예정도서목록(CIP)은 서지정보유통지원시스템 홈페이지(http://seoji.nl.go.kr)와
국가자료공동목록시스템(http://www.nl.go.kr/kolisnet)에서 이용하실 수 있습니다.
(CIP제어번호: CIP2020021597)

(주)북랩 성공출판의 파트너

북랩 홈페이지와 패밀리 사이트에서 다양한 출판 솔루션을 만나 보세요!

홈페이지 book.co.kr • **블로그** blog.naver.com/essaybook • **출판문의** book@book.co.kr

임진수
시 집

비를 맞으며

시를 맞으며

북랩 book Lab

목
차

그리운 그 이름	⋯ 10
시의 변신술	⋯ 11
바다의 슬픔	⋯ 12
그래도 우린 살아간다	⋯ 13
비우기	⋯ 14
멍 때리기	⋯ 15
봄	⋯ 16
빨주노초파남보	⋯ 17
물들인다	⋯ 18
한글의 위대함	⋯ 19
쉼이 필요한 발걸음	⋯ 20
기다리는 이유	⋯ 21
작은 이유지만 큰 이유	⋯ 22
그냥 내 생각	⋯ 23
마음을 잃어버리면	⋯ 24
어쩌면 누군가도	⋯ 25
구름아 구름아	⋯ 26
무제 Ⅰ	⋯ 27
시와 함께 음악과 함께	⋯ 28
커피 담배 그리고 그녀	⋯ 29
해바라기의 사랑	⋯ 30
나이 한 살 더 먹었네요	⋯ 31
구름아 울지 마	⋯ 32
중독된 사랑	⋯ 33
행복이란 불행이란	⋯ 34

비 내리는 날 ··· 35

한 잔의 커피 한 번의 삶 ··· 36

바람을 맞으며 ··· 37

처방 ··· 38

어머니와 바다 ··· 39

다시 소소한 행복으로 ··· 40

비교 불가 ··· 41

꽝이 나오더라도 ··· 42

가을 예찬 ··· 43

부메랑 ··· 44

외로움 버티기 ··· 45

사랑에 빠졌을 때 이별에 아파할 때 ··· 46

두 마디도 아닌 한마디 ··· 47

그 남자 작곡 그 남자 작사 ··· 48

아빠 엄마 ··· 49

달콤한 일상 ··· 50

모두 필요해 ··· 51

뜨뜻미지근한 건 싫어 ··· 52

지구 온난화 해결 방법 ··· 53

음악이라는 종교 ··· 54

건전지 말고 ··· 55

우격다짐 ··· 56

귀천 ··· 57

행복이 뭐 별거 있나 ··· 58

이불을 개기 싫은 소년 ··· 59

무제 II ··· 60

아름다운 시 바른 시 ··· 61

콩트 ··· 62

나에게 유일한 길 ··· 63

사계절을 모두 좋아해 보자 ··· 64

선과 후 ··· 65

모기의 착각 ··· 66

갈대 ··· 67

손편지 ··· 68

매일 매일은 없다 ··· 69

기억이란 ··· 70

한 번만 더 볼 수 있다면 ··· 71

그리움을 깎다 ··· 72

커피 예찬 ··· 73

어느 겨울 풍경 ··· 74

시너지 효과 ··· 75

말조심 ··· 76

이별 후 ··· 77

새옹지마 ··· 78

자기계발 ··· 79

표현의 방법 ··· 80

오래전 말라버린 술잔 ··· 81

못 잊어 못 잊어 ··· 82

로또보다 더 좋은 ··· 83

연애와 결혼 ··· 84

쌓을 수 없지 않을까 ··· 85

우연히 쓴 낙서가 ··· 86

멈춰 서서 ··· 87

별거 없는 시 ··· 88

고래가 춤추는 걸 본 적 있으신 분 … 89

후반전도 있다 … 90

나만의 시선으로 본 지옥과 천국 … 91

우연 혹은 운명 … 92

변해가네 … 93

길 … 94

휘파람 … 95

생화와 조화 … 96

이상하게 생각해 보기 … 97

조금 더 … 98

빈 벤치 … 99

이별은 … 100

걱정도 많고 근심도 많고 … 101

변하지 않는 것 … 102

달빛을 따라가 보면 … 103

같은 눈물인데 … 104

파도 … 105

나 두 번 살다 … 106

이런 결혼식 어떠세요 … 107

모르겠다 … 108

이제는 지워야 할 때 … 109

무제 Ⅲ … 110

걱정이라는 동반자 … 111

아쉬움 … 112

시를 쓸 때는 … 113

슬픔과 기쁨은 한통속 … 114

망각 … 115

적 … 116

잘 넘고 잘 넘어지고 … 117

진리가 진리가 아니었으면 … 118

사랑이란 보이지 않지만 … 119

우주를 보고 싶다면 … 120

가을 바라기 … 121

채우기 그리고 비우기 … 122

타이밍 … 123

구경거리 … 124

소금 좀 주세요 … 125

되돌아보니 그런 길을 걸어왔네 … 126

별이 많을까요 사람이 많을까요 … 127

물음표 … 128

지금은 나에게 … 129

달은 별은 … 130

다행이다 … 131

눈이 두 개인 이유 … 132

총이 자신을 위협해도 … 133

벼는 익을수록 고개를 숙인다죠 … 134

공짜는 있다 … 135

설거지 … 136

잠이 필요해 … 137

변화무쌍한 눈 … 138

깨달음 … 139

보이지 않는 적 … 140

별들의 자장가 … 141

헛된 별이 없듯 헛된 사람도 … 142

초승달과의 대화 ··· 143

내가 존재하기에 ··· 144

시의 매력 ··· 145

모두 정답 모두 오답 ··· 146

그대라는 마술 ··· 147

자전거의 삶 ··· 148

과장된 그리움 ··· 149

저는 싸인펜으로 써요 ··· 150

지우개 밥 ··· 151

저를 사용하세요 ··· 152

고생 많이 했소 ··· 153

하나라는 소중함 ··· 154

기쁨의 등장 슬픔의 등장 ··· 155

삶을 건더낼 수 없었던 때 ··· 156

어머니의 눈물 ··· 157

사람끼리 무시하고 살지 맙시다 ··· 158

괜찮아 난 ··· 159

초코파이 ··· 160

세상아 변해라 ··· 161

양자택일 ··· 162

나 혼자 나 홀로 ··· 163

삶이 불행해지더라도 ··· 164

요즘 우푯값이 얼마 ··· 165

싫어하는 것이 멀리 있을 때 ··· 166

좋은 기억 좋은 추억 ··· 167

걱정에 대하여 ··· 168

이런 시인이 되고 싶다 ··· 169

그리운 그 이름

누군가가 그리울 때
하늘에 그리운 이의
이름을 손가락으로
그려 봅니다
무심코 지나가던 구름
그 이름 지웁니다

시의 변신술

시가 꽃이 되면
낙화가 되고
시가 잎새가 되면
낙엽이 된다
시가 별이 되면
북극성이 되고
시가 나 자신이 되면
눈물이 된다

바다의 슬픔

눈물이 나올 때
바다의 슬픔을
생각해 보세요

바다는 아주아주
옛날부터 눈물을 흘려서
지금의 바다가 됐답니다

그래도 우린 살아간다

흔들바위를 흔들어
떨어뜨릴 수 있는 힘은 없어도

솔로몬의 지혜를 뛰어넘을
머리는 없어도

빌 게이츠처럼
돈이 많지 않아도
우리는 살아간다

나름 행복하게
나름 불행하게

비우기

깡통을 보고 툭 찬다
비웠구나
사람도 비우기 어려운데

멍 때리기

창밖이라는
제목으로
시를 지으려고

하지만
한 줄도 쓰지 못한 채

멍하니
창밖만 바라본다

봄

다시 피어난 꽃들을 보라고
다시 생기를 띠는 나무를 보라고
따뜻한 온기를 내려주는 해님을 보라고
봄나물 가득한 밥상을 보라고
볼 게 많아서 계절의 이름이
봄이 아닐까라고 내 마음대로 엮어 봄

빨주노초파남보

빨대가 꽂힌 아이스 아메리카노 한 잔
주머니 사정이 좋지 않아도
노가 아니 예스
초록빛 가득한 이 카페에서
파란색 나의 꿈을 향해가네
남들은 모르고 인정해주지 않아도
보여주리 언젠가는 확실히 보여주리

물들인다

파란 하늘 붓으로 찍어
바다 물들인다

붉은 단풍 붓으로 찍어
노을 물들인다

한글의 위대함

날씨가 화창하다
화창하다 보다 더
깊은 형용사는 없을까
날씨가 죽인다
감탄사를 써봤다

쉼이 필요한 발걸음

걷고 걷고 걸었네
홀로
걷고 걷고 걸었네
아픔이란 거리도 걸어보고
후회란 거리도 걸어보고
행복이란 거리도 걸어봤네
이제 좀 쉬어야겠다
이제 좀 그만 걸어야겠다
만족이라는 거리의 끝에서

기다리는 이유

기다린다 기다린다 기다린다
오지 않을 걸 알면서도
기다리는 이유는
기다리는 동안 그 사람을
마음껏 그리워할 수 있으므로

작은 이유지만 큰 이유

넘어진 할머니에게
손을 내미는 아이

무거운 짐 보따리를
대신 들어주는 청년

버스 안에서 연로하신
노인을 위해 자리를
양보하는
연약해 보이는 소녀

대한민국이 버티는 이유

그냥 내 생각

피아노가 높은음을 내면
피아노도 힘이 들 것 같다는
생각이 든다

마음을 잃어버리면

마음을 잃어버리면
그 어려운 경지에 이르면

푸른 바다 백사장 한 알의
모래로 살 수 있을까

눈물로 썼을 한 무명 시인의
시집으로 살 수 있을까

맑은 하늘에 떠 있는
구름 한 점으로 살 수 있을까
마음을 잃어버릴 수 있다면

어쩌면 누군가도

나 혼자만이 겪고 있는
아픔이라 여겼는데
어쩌면 누군가도

내 외로움이 가장
깊을 거라 여겼는데
어쩌면 누군가도

나는 잘살 거라 여겼는데
그저 그런 삶
어쩌면 누군가도

구름아 구름아

구름아
너는 어디로 가느냐
너의 갈 곳 일러주면
나의 갈 곳 일러주마

너의 생 다하면
사람으로 한번 살아볼 테냐
나의 생 다하면
구름으로 한번 살아볼 텐데

무슨 차이가 있겠느냐
똑같이 힘이 들 텐데

무제 Ⅰ

사랑은 햇살을 갈구하고
이별은 비를 갈구한다

시와 함께 음악과 함께

바다가 훤히
보이는 곳에다
오두막집을 짓고 싶다

평생 바다나 보며
시를 짓고 싶다
음악과 함께 하고 싶다

커피 담배 그리고 그녀

오른손은 커피 한 잔만
들 수 있는 힘만 있으면 된다

왼손은 담배 한 까치만
들 수 있는 힘만 있으면 된다

가슴속엔
그녀 한 명만
들어갈 수 있는
빈터만 있으면 된다

해바라기의 사랑

태양과 사랑에
빠져 있는 꽃

사랑이란 상대를
바라만 볼 수 있어도
사랑을 할 수 있음을
보여주는 꽃

해가 지는 밤에는
실연의 아픔을
감당해야 하는
슬픈 꽃

나이 한 살 더 먹었네요

나이가 먹는다는 건
땅보다 하늘에 가까워진다는 것

구름아 울지 마

넓은 하늘에
구름 한 점 걸려있다
홀로
구름아 너도 외롭니
나도 외롭단다
울지 마
세상엔 외로움이 더 많단다

중독된 사랑

네가 그리워 빨래를 했어
너란 때를 지워내려고

네가 그리워 달걀을 삶았어
묽었던 마음을 다시
굳어지게 하려고

네가 그리워 울었어
이 두 가지가 아무
소용이 없단 걸 알아서

행복이란 불행이란

행복이 탐이나
그것을 잡으려 하지 마라

행복을 잡으려
발버둥 치는
그것이 불행이다

비 내리는 날

창밖으로 내리는 비를
그저 바라보는 것만으로는
성이 차지 않아
창문을 열고 조심스레
손을 내밀어 봅니다
뚝 뚜욱 뚝
손을 간지럽히며 비가
떨어집니다
한참을 그렇게 있다
비가 주는 어둠 속으로
모습을 감춥니다

한 잔의 커피 한 번의 삶

이 한 잔의 커피가
줄어들 듯이
한 번뿐인 나의 삶도
조금씩 줄어들겠지

바람을 맞으며

바람으로 흩어지고 싶다
바람에게도 아픔이 있을까
바람에게도 기쁨이 있을까

본능대로 움직이는
바람이 되고 싶다

아니
본능 이마저도 없는
바람이 되고 싶다

처방

갈증을 느끼는 자에게
물은 더욱 맛있고
배고픈 자에게
밥은 꿀맛이어라
피곤한 자에게
잠은 달콤하고
부족함이 없는 자에게는
부족함이 처방인 듯하구나

어머니와 바다

넓디넓은 바다
어머니의 품인가
어머니의 눈물 앞에서
자식들의 어떤 죄라도
사하여 들듯이
저 넓은 바다도
모든 것을 받아들이고
고요 속에 침묵하는구나

다시 소소한 행복으로

행복은 큰 데 있는 게 아니라고
입버릇처럼 말하던 나
작은 곳에서 오는 거라고
말했던 나
이런 내가 큰 행복을 꿈꾸고 있다
그래서 점점 불행해져 가고 있다
정신 차리고 매사에 감사하자
매사에 행복해하자
다시 돌아가자
소소한 행복으로

비교 불가

밖의 아침 공기가 좋겠지
여기 음악에 물든 공기도 좋아

꽝이 나오더라도

이 길을 쭈욱 따라 가본다
이 길밖에 없다
끝까지 가보자
그 끝에 아무것도 없다 해도
실망하지 말자
그 길을 걷는 동안
즐거웠으니
행복했으니

가을 예찬

가을이라
어떤 미소년의 이름으로도
잘 어울릴 것 같고
어떤 미소녀와도
가을도 좋은데 가을바람이라
손오공에게 여의봉을 주는 격이지
스포츠카에 기름 만땅 넣는 격이지
절세 미녀가 화장을 하는 격이지
몰입하고 있는 사이에
낙엽 한 장이 노트 위에 떨어졌다
너는 이제 책갈피지

부메랑

메아리는 돌아오기 마련이다
내가 던진 사랑의 한마디는
기쁨의 메아리로 돌아올 것이며
내가 던진 미움의 한마디는
저주의 메아리로 돌아올 것이다

외로움 버티기

외로울 때마다 커피를 먹었더니
커피를 먹을 때마다 외로워진다
이제는 괴로운 외로움을
벗어날 때도 됐는데
이제는 외로움을 넘어
고독을 즐길 수 있을 때가 된 듯한데
아직은 나의 삶이
아직은 너의 삶이
아직은 우리의 삶이
외로움이라는 단어에
더 익숙해졌나 보다
더 길들여져 있나 보다

사랑에 빠졌을 때 이별에 아파할 때

그녀를 알기 위해 천 번의 하늘을 봤다
그녀를 잊기 위해 천 번의 바다를 봤다

두 마디도 아닌 한마디

사랑하는 사람의
차가운 한마디는
삶의 모든 의미를
상실케 한다
사랑하는 사람의
따뜻한 한마디는
삶의 모든 시련을
극복하게 한다

그 남자 작곡 그 남자 작사

지금까지 몇 곡의 노래를 들었을까
앞으로 몇 곡의 노래를 들을 수 있을까
생명이 다해서 저세상에 갔는데
음악이 없다면
내 처음으로 음악을 만들어 보리
최선을 다해서 만들어 보리

아빠 엄마

산의 높이를 생각해 보았나
아버지의 높이를 생각해 보았나

바다의 깊이를 생각해 보았나
어머니의 깊이를 생각해 보았나

달콤한 일상

나는 시를 적을 테니

당신은 음악을 켜세요

나는 숟가락과 젓가락을 놓을 테니

당신은 반찬을 꺼내놔요

식사를 마치고

나는 후다닥 설거지를 마칠 테니

당신은 커피를 끓이세요

나는 같이 들을 음악을 고를 테니

당신은 커피 향을 음미하세요

나는 고른 음악에 대하여 설명할 테니

당신은 고개를 끄덕이세요

우리 항상 이렇게 해요

누구도 먼저 떠나면 안 돼요

같이 떠나는 거예요

똑같이

모두 필요해

고음도 저음도
한 노래를 위해서
주연도 조연도
한 영화를 위해서

뜨뜻미지근한 건 싫어

적당히 적당히 적당히
참 싱거운 단어
뜨겁게도 살아보고
시리도록 살아도 봐야지
한 번뿐인 삶인데

지구 온난화 해결 방법

지구의 온난화를 그냥

지켜봐야만 하나요

지구가 너무 더워요

지구상의 썰렁한 농담

잘하시는 분들

농담들 좀 해봐요

지구가 썰렁함을 느낄 정도의

썰렁한 농담들을

음악이라는 종교

음악이 좋았다
악기 하나 다룰 줄 모르는
나는 음악이 뭔지 잘 모르지만
힘들 때 슬플 때 기쁠 때
음악은 나의 작은 신이었다
누구보다 깊이 믿는
광신도가 되어버린 것이다

건전지 말고

시는 약이다
단지
먹지 않고
읽는 약이다

우격다짐

눈 밟는 소리와
낙엽 밟는 소리는
닮았다고 우겨 봅니다

눈 오는 소리와
낙엽 떨어지는 소리는
닮았다고 우겨 봅니다

귀천

저 새도 죽을 때
엄마 생각하며 죽을까
저 강아지도 죽을 때
엄마 생각하며 죽을까
난 죽을 때 어떤
생각이 들까
내가 죽는다
그때
조용한 비가
내렸으면 한다

행복이 뭐 별거 있나

해 질 녘
반쯤 열린 오월의 창가에서
머리카락을 조금씩
흔들어 주는 바람에
고마움을 느낄 수 있다면
이미 행복을
맛보고 있는 것이다

이불을 개기 싫은 소년

잠자는 소년이 있었다
잠자는 소년은 잠만 자고 싶었다
꿈속에선 아프지 않아서
꿈속에선 괴롭지 않아서
잠자는 소년은
꿈속에서만 행복했다
하지만
계속 잠이 오는 건 아니었다

무제 II

쉼
필요하다
숨
필요하다
줌
필요하다

아름다운 시 바른 시

아름다운 시는
읽는 이에게
아름다운 세상을 보여주고

바른 시는
읽는 이에게
세상을 바르게
살아가는 힘을 실어준다

콩트

여자친구가 하늘에 떠 있는
별을 보고 있을 때
같이 있던 남자들의 유형

(1)재벌: 저기 별들 다 사줄게

(2)서빙: 저 별을 주문하시겠습니까

(3)백수: 마음껏 봐 돈 들어가는 거 아니니까

나에게 유일한 길

가지 말라 해도 가리
가시밭길이니
멈추라 해도 가리
되돌아올 수 없는
길이라도 가리
다른 길은 보이지 않고
이 길만 보이니 가보리

사계절을 모두 좋아해 보자

여름에 겨울을 생각치 말자
겨울에 여름을 생각치 말자
여름을 견뎌내야 할 이유가 분명히 있고
겨울을 견뎌내야 할 이유도 충분히 있다
잘 견뎌내면 중간중간에
봄, 가을이라는 보너스도 있다
그러니
덥다 덥다 하지 말자
더 더운 이도 있으니
춥다춥다 하지 말자
더 추운 이도 있으니

선과 후

행복해지고 싶으십니까
그럼 먼저 불행을 겪으십시오

모기의 착각

모기는 자기가 날아다니면
사람들이 그렇게들
박수를 치길래
자기가 인기가 많은 줄
알았다는 얘기

갈대

바람이 이리 불면 이쪽으로
바람이 저리 불면 저쪽으로
사람들아 갈대에게
줏대 없다고 하지 마라
갈대는 바람을 멈추게 할 힘이 없고
흔들리는 게 갈대의 소임이다

손편지

이 사람은 부모님께
저 사람은 애인에게
써 내려가면서
눈물 흘리는 이
미소를 짓는 이
손편지에는
낭만이 서려 있다

매일 매일은 없다

빛도 필요하지만
어둠도 필요하다

설탕도 필요하지만
소금도 필요하다

매일 맑을 수만 있나
매일 흐릴 수만 있나

매일이란 단어는
얼마나 모순적인 단어인가

기억이란

기억은 잊는 것이 아니다
무뎌지는 것이다

한 번만 더 볼 수 있다면

눈 떠도 보이지 않는 얼굴

눈을 감아봅니다

눈을 감아도 보이지 않는 얼굴

꿈속에서 찾아봅니다

꿈속에서도 보이지 않는 얼굴

아 이제는 정말 보내줘야 할 것 같습니다

그리움을 깎다

깎아도 깎아도
자라는 손톱마냥
그리움을 버리고 버리고
버리지만 다시 자라나는 그리움
다시 자라난 그리움에
아파하고 괴로워하다가
손톱을 깎듯 그리움을
또 한 번 깎아낸다

커피 예찬

커피 샵에서 먹는
분위기 있는 커피

직장인들의 식사 후
들고 다니면서
먹는 커피

방에 앉아
혼자서 음악 들으며
먹는 커피

전부 맛있죠

어느 겨울 풍경

모든 게 얼어붙은 겨울밤
나지막하게 슬픈 발라드를
올려놓습니다
창밖은 어느새 눈이 내립니다
뜨거운 커피 한 잔 두고
아끼는 시집을 들었습니다
눈은 어느새 함박눈으로 바뀌고
시집을 읽던 이의 눈시울이 붉어집니다

시너지 효과

시는 아픔이 있는 자와
함께할 때 더욱 빛난다

말조심

행복하다 행복하다
말하면
행복은 어느새 저 멀리
날아가고 만다

행복은 가슴속에 품는 것이다
달아나지 못하게

이별 후

그 사람과의 마지막 눈길
그 사람과의 마지막 말
그 사람의 마지막 뒷모습
이런 건 훗날 생각이 나지 않는다
그저 이별을 했다는 사실
그 사실만이 가끔 심장을 찌른다

새옹지마

새가 울고 있다
어제는 노래했는데
인생은 그런 것이다
어제 노래할 때
오늘 울 줄 누가 알았는가

자기계발

이 세상에 배울 것은 많다
그래서 지루하지 않지 않은가
이 세상에 존경할만한 롤모델도 많다
그래서 자신에게 더
회초리를 치지 않는가

표현의 방법

태양은 소리가 없다
달도 소리가 없다
별도 소리가 없다
그저 자신만의 빛으로
할 말 대신한다

오래전 말라버린 술잔

술이 없으면
살 수 없었던 나

술이 있어야
살 수 있었던 나
지금도 그때를 기억해
그리고 이해해

못 잊어 못 잊어

잊으려고 노력해서 잊혀지나
잊혀짐은 늪과 같아서
빠져나오려 할수록
더 깊게 빠지는 것을
잊혀지지 않는 것
모두 하나 둘씩은
가지고 있잖아
그거 못 잊어

로또보다 더 좋은

이상형과 이상향에서
살 수 있는 행운을 잡을 수 있다면
더 이상 무엇을 바랄까

연애와 결혼

상록수
변치 않는 색깔
변치 않는 마음

연애를 할 때는
가을의 잎사귀처럼
변심이 허용되지만

결혼을 하면
변치 않는 상록수와 같은
마음으로
서로의 사랑이 되자

쌓을 수 없지 않을까

파도가 밀려와도
무너지지 않는
모래성을 쌓을 수 있을까

우연히 쓴 낙서가

그냥 서 있었다
힘들어서 앉았다
앞에 펜이 있었다
펜을 잡았다
낙서를 했다
그게 나의 첫 시였다

멈춰 서서

잠시 멈추는 것
어떤 일이 잘 풀리지 않을 때
잠시 손을 떼고
지나온 길과 현재의 길과
미래의 길을 곰곰이
정리해 보는 것
멈춤도 가끔은
필요하지 않을까

별거 없는 시

별거 있겠어요
비가 와서 비를 맞았다는데

별거 있겠어요
눈이 와서 눈을 맞았다는데

별거 없잖아요
바람이 불어서 바람을 맞았다는데

고래가 춤추는 걸 본 적 있으신 분

칭찬은 고래도 춤추게 한다는데
고래에게는 어떤 말로 어떻게
칭찬을 해주나
그 방법을 몰라서 우리는
지금까지 고래가 춤추는 것을
못 본 게 아닐까

후반전도 있다

인생 전반전
운명에 졌다면

인생 후반전
운명에 맞서리

나만의 시선으로 본 지옥과 천국

나쁘고 악한 사람들은
그 부류의 사람들과
사는 게 행복이다

착하고 선한 사람들은
그 부류의 사람들과
사는 게 행복이다

그러므로 지옥은 없고
천국이 두 개다

우연 혹은 운명

태양이 생긴 것도
우연인가요
달이 떠 있는 것도
우연인가요
수많은 별이
반짝이는 것도
우연인가요

그렇게 믿는 당신은
운명이 아닌
우연으로 태어나신 겁니다

변해가네

끊임없이 흐르는 시간 속에
끊임없이 바뀌는 계절
끊임없이 바뀌는 삶

보통의 하루를
보냈다 하지만

그 하루에 수많은 것들이
바뀌어가네

길

물길을 만나면 헤엄을 치고
자갈길을 만나면
운동화 끈을 다시 한번
움켜 메고
꽃길을 만나면
꽃의 향기에 잔뜩 취해
비틀비틀 걸으리
다음엔 어떤 길이 나올까

휘파람

휘파람
이건 악기가 아니지만
어떤 악기보다
듣기에 좋다

생화와 조화

신이 지는 꽃을 만들었다면
사람은 지지 않는 꽃을 만들었다
생화와 조화
하지만 조화에는 향기가 없다

이상하게 생각해 보기

이상하게 생각해 보자
정상적으로만 생각하는 것보다는
이상하게도 한 번쯤
생각해 보자
무언가 기발한 것이
튀어나올 수 있지 않을까

조금 더

맑은 하늘을 보며
좀 더 순수해지길

어린아이의 눈을 보며
좀 더 맑아지길

이슬을 보며
좀 더 투명해지길

빈 벤치

빈 벤치
다리가 아팠던 사람에겐
멘소래담

빈 벤치
시집 한 권 옆에 두면
시인으로 보이고

빈 벤치
그저 비어 있어도
운치가 있는

이별은

이별은 말로 하는 것이 아니다
눈빛으로 하는 것이다

걱정도 많고 근심도 많고

나의 걱정으로
꽃이 피었다면
온 들에 피었을 것이고

나의 근심으로
꽃이 피었다면
온 산에 피었을 것이다

변하지 않는 것

오늘 부는 바람은
어제의 바람과는
비슷하지만 다른 것
오늘 사는 삶이
어제 살던 삶과
비슷하지만 다른 것

변하지 않는 건 뭘까
이 우주에서
변하는 것을 빼면
변하지 않는 것이
나오겠지

달빛을 따라가 보면

나는 저 달을 보는데
저 달은 그녀를 본다
달아 그녀를 더욱더 비추거라
그 빛을 따라
그녀 있는 곳으로 찾아가리

같은 눈물인데

한 사람이 눈물을 흘리고 있다
어떤 사람은 그가 슬퍼서
우는 것이라 했고

어떤 사람은 그가 기뻐서
우는 것이라 했다

하지만
정작 눈물을 흘리는 사람은
늘어지게 하품을 해서
눈물이 나온 것이었다

파도

파도 소리는 왜 그리 처량한가
파도는 바다의 주름살인가

나 두 번 살다

삶을 버리려 하지 않았던가
더 이상 삶의 무게를 지탱
할 수 없다 하지 않았던가
난 그때 죽었다
지금 사는 삶은 보너스다

이런 결혼식 어떠세요

조용한 숲속 한켠에
참새 몇 마리 하객으로 앉아있고
독수리 날아와 잠깐 주례 보시고
영원을 약속하는
꽃반지 나누어 끼고
축가는 꾀꼬리 부부 한 쌍이
수고하시고
부케는 들꽃 한 묶음

모르겠다

음악을 왜 이렇게
좋아하는지 곰곰이 생각해 봤다

곰곰이 생각해 보다가
음악을 틀었다

이제는 지워야 할 때

진한 아픔도 느껴봤다
진한 슬픔도 느껴봤다
진한 수치심도 느껴봤다
진한 분노도 느껴봤다
이제는
진한 커피를 먹으며
하나씩 하나씩
지워간다 잊어간다

무제 Ⅲ

고인 물은 그림이 되고
흐르는 물은 음악이 된다

걱정이라는 동반자

이 걱정이 일어나지 않았더라도
너는 다른 걱정을 하고 있을 것이다
다른 걱정들이 모두 사라졌더라도
또 다른 걱정거리가 일어날 것이다
그것이 걱정이다

아쉬움

과음한 사람
잠자리 5분이 아쉽네
부족한 술
마지막 한 잔이 아쉽네
다 피워버린 담배
한 까치가 아쉽네
싸운 연인
싸우기 전 분위기
좋았던 한때가 아쉽네
마지막 눈 감을 때
하루 더가 아쉽네

시를 쓸 때는

시는 목마름으로
써야 한다
시는 굶주림으로
써야 한다
시는 갈구함으로
써야 한다

슬픔과 기쁨은 한통속

비
하늘이 울고 땅이 간직한다
눈물
자식이 울고 어머니가 간직한다
슬플 때도 울고 기쁠 때도 운다
슬픔과 기쁨은
다르면서 같은 것인가

망각

잊어야 함을
잊었다면
그건 정말
잊어버린 것이
아닐까

적

태양에 적이 있다면
구름
구름에 적이 있다면
바람
바람에 적이 있다면
벽

잘 넘고 잘 넘어지고

인생은 허들 경주다
허들을 잘 넘고 달리는
선수가 있다면
매번 걸려 넘어지는
선수가 있다
그래도 완주는 해야 한다
이를 악물고

진리가 진리가 아니었으면

굶으면 죽는다
이 진리가 세상을
각박하게 만들었다

사랑이란 보이지 않지만

공기 중에 사랑이
떠다니고 있을까

잡으려 하면
잡힐까

손바닥을 펴보면
아무것도 없는데

사랑은 존재하는데
누구도 보지 못하나 봐

우주를 보고 싶다면

눈을 뜨면
앞만 볼 수 있는데
눈을 감으면
우주를 볼 수 있다

가을 바라기

가을의 향기를
얼려놓고 싶어요
살다가 가을이
그리워질 때
녹여서
가을의 향기에
취해보고 싶어서요

채우기 그리고 비우기

가지고 있다는 건
소유하고 있다는 건
얼마나 가슴 뛰는 기쁨이냐
그 사실에 더 이상
가슴이 뛰지 않을 때
그때는 버리기를 해야 할 때
그때는 비우기를 해야 할 때

타이밍

땅 위의 모든 것
눈을 감고
하늘의 모든 것
빛을 내네
축복이여
지금 내려주소서

구경거리

강 건너 불구경
창밖으로 내리는 비 구경
술 취한 사람들의 싸움 구경
어떤 구경이 가장 재밌을까

난형난제
용호상박
막상막하

소금 좀 주세요

겨울에 눈이 없는 것은
삶은 계란 먹을 때
소금이 없다는 것
심심하다는 것

되돌아보니 그런 길을 걸어왔네

쭉 뻗은 아스팔트는
나를 위한 길이 아니었다

구불구불 오솔길
뒷짐 지고 천천히
걷는 그 길이 내 길이었다

별이 많을까요 사람이 많을까요

밤을 새 피곤한지
낮에는 낮잠만 자는 별
나의 별이 하나 있지
별은 많아서
너도 나도
가질 수 있어

물음표

쓸쓸한 달빛
이 못난 나에게도
그림자 하나 만드네
난 무슨 목적으로
삶을 사나
묻고 또 물어보았지만
달은 그저 차갑네

지금은 나에게

바람이 내게 불어온다
이 바람의 시작이
어디서부터 인지는
중요치 않다
단지 지금은 나에게
불어오는 바람이라는 것이
더 중요하다

달은 별은

달은 모양이 변하는데
별은 그대로이다

달은 변심을 잘하지만
별은 일편단심이다

다행이다

다시 쓰러지면
일어서고
다시 넘어지면
일어나고
지쳐 갈 때쯤
다시 넘어지지
않게 됐다

눈이 두 개인 이유

당신은 무엇을 보고 있나
겉만 보지 말고
감춰진 속내도
볼 수 있어야 한다
그래서 눈이 두 개가
있는 게 아닐까

총이 자신을 위협해도

바꿀 필요성이 있는 건
바꿔야 한다
하지만
절대 바꾸지 말아야 할 것은
총구가 자신을 향해
겨눠져 있더라도
절대 바꾸지 말아야 한다

벼는 익을수록 고개를 숙인다죠

잘난 체
살면서 하지 말아야 할 것
뭐 얼마나 잘났다고
뭐 얼마나 뛰어나다고
이 세상엔 숨은 강자들이
있다는 걸 잊지 마
그 사람들은 당신들의
잘난 체에 콧방귀도 안 뀌어

공짜는 있다

영원은 누구나 살 수 있습니다
가격이 0원이거든요
공짜라구요

설거지

식기 세척기가
필요 없는 우리 집
내 든든한 두 팔이
식기 세척기
설거지 하나는
신의 경지

잠이 필요해

그대의 삶은 어떤가
즐거운가 너무 즐거워
밤에 잠도 오지 않는가
그대의 삶은 어떤가
괴로운가 너무 괴로워
밤에 잠도 오지 않는가

이 두 명에게
똑같은 수면제를 처방하라

변화무쌍한 눈

별을 보는
내 눈이 빛난다
달을 보는
내 눈이 그윽해진다
그녀를 보는
내 눈이 젖는다

깨달음

깨달음은 다른 깨달음에 의해
부서지고 다른 깨달음은 또 다른
깨달음에 의해 부서진다
그렇게 부수고 부서지는 과정에서
진리에 한 걸음씩 더
다가가는 것이 아닐까

보이지 않는 적

아직 오지 않은 일에
집착하지 마라

그건 보이지 않는 적과
싸우는 것이다

별들의 자장가

별들아
합창으로 자장가를
불러줘

늦은 밤 잠이 들기
힘들 때가 오면

헛된 별이 없듯 헛된 사람도

저 수없이 많은 별
하나하나에도
모두 존재의 의미가 있을 텐데

이 수없이 많은 사람
한 명 한 명에도
모두 존재의 의미가 있을 텐데

초승달과의 대화

너도 보름달이 되려면 멀었구나
나도 사람 되려면 멀었다
보름달 돼서 뭐하려구
사람 돼서 뭐하려구
채우지 못한 욕심 따위는
저 푸른 바다에 던져 버리고
너는 초승달 하고
나는 철부지 한다

내가 존재하기에

모두 내 안에서 시작되고
모두 내 안에서 끝나는구나
봄의 따스함도
가을의 스산함도
모두 내가 있기에 의미가 있구나
썩어버린 육신과
맑지 않은 정신이
한 줄기 바람으로 흩어지면
난 이 말을 남기려 하네
한 세상 그런대로 살만했다고

시의 매력

시
가장 짧은 한 글자로
온 우주를
노래할 수 있는

모두 정답 모두 오답

오늘도 열심히 일하는 사람들
오늘도 열심히 노는 사람들
동화 개미와 배짱이
어느 쪽의 삶이 옳은지
자신 있게 대답할 수 있는 사람

그대라는 마술

커피 한잔할까요
예쁜 커피잔은
아니더라도
비싸고 맛있는 커피는
아니고 싸구려 커피라도

그대와 함께라면
예쁜 커피잔
비싸고 맛있는
커피가 될 거예요

자전거의 삶

이제는 더 이상
달릴 수 없는
녹슨 자전거 하나
이 자전거도
삶이 있었다

과장된 그리움

해는 달을 그리워합니다
달도 해를 그리워합니다
해와 달의 그리움보다
당신을 향한 그리움이
더 합니다
해가 모두 타서 재만 남을 때까지
당신을 그리워할 겁니다

저는 싸인펜으로 써요

싸인펜이 점점 옅어져 갈 때
점점 짙어져 가는 시

지우개 밥

세상 살면서
지우개가 있었으면
후회되는 일들
지우개로 싹 지울 수 있다면
세상에는 치우기 힘든
지우개 밥으로 넘쳐나겠지

저를 사용하세요

제게 머물러요

슬프시다면

그 반은 제가 슬퍼할게요

우울하시다면

그 반은 제가 우울해할게요

기쁘시다면

마음껏 기뻐하세요

저는 한 발 물러서 있을게요

고생 많이 했소

난 아파트 베란다 화분에서
피는 꽃이 아니었네
비 맞고 눈 맞고 바람맞고 우박 맞으면서
핀 야생화

하나라는 소중함

태양이 하나 있고
그림자도 하나 있네
둘이라면 그 가치는
반으로 줄어들겠지만
하나라는 가치로
돋보여야 하네
그래서 다 소중한 것이네
그래서 다 소중한 사람들이네

기쁨의 등장 슬픔의 등장

기쁨의 끝자락에선
슬픔이 마중 나오고

슬픔의 끝자락에선
기쁨이 마중 나온다

삶을 견뎌낼 수 없었던 때

삶을 소중히 하지
못했던 날들
삶을 버리고 싶던 날들
그때 나는 당신들이
살아간다는 그 이유 하나만으로도
참 많이 부러워했소

어머니의 눈물

우리 어머니는
TV를 보면서
가끔 소리 없이
눈물을 흘리신다
쌓인 게 많으신 게다
한이 많으신 게다
나는 감히
그 눈물을 닦아줄
자격이 없다

사람끼리 무시하고 살지 맙시다

누구라도 무시당해야 할
사람은 없다
돈으로 무시한 사람
돈으로 무시당할 것이고
힘으로 무시한 사람
힘으로 무시당할 것이다

괜찮아 난

괜찮다 나는 괜찮다
이 얼마나 멋진 말이냐
이 얼마나 듣기 좋은 말이냐
죽기 직전까지
난 말할 것이다
나 괜찮다
음악 좀 들을게

초코파이

정든 사람과의
헤어짐이 싫듯이
정든 물건과의
헤어짐도 싫다
정
사랑보다 깊은
정

세상아 변해라

눈을 감는다
세상이 보기 싫어서
눈을 뜬다
세상이 좀 변했나 싶어서
다시 눈을 감는다
스르르 잠이 온다

양자택일

정말 먹고 싶은 것을
못 먹어 본 적이 있나요
이유가 돈이었습니까
먹고 싶은 것을 먹어보려고
노력을 하시겠습니까
아니면
그 먹고 싶은 걸 깨끗이
포기하시겠습니까

나 혼자 나 홀로

누군가 쓰러진 나를
일으켜 주려 손을 내밀어도
그 손을 아름답게 사양하리
난 원래 혼자 일어섰다고
그래서
이번에도 나 혼자 일어설 수 있다고

삶이 불행해지더라도

미워하는 사람이 많을수록

삶이 불행해지고

좋아하는 사람이 많을수록

삶이 행복해진다

난 불행해지련다

아직도 미워하는 사람이 많기에

아직은 용서란 걸 하고 싶지 않으므로

요즘 우푯값이 얼마

우체부 아저씨
가슴속의 꺼낼 수 없는
슬픈 사연도
우표만 붙이면
배달이 되나요

싫어하는 것이 멀리 있을 때

또다시 아침이 찾아왔다
모닝커피가 기다리고 있다
아침은 즐겁다
잠을 자야 하는 밤과
가장 멀기 때문에
가을도 좋다
무더운 여름과
가장 멀기 때문에

좋은 기억 좋은 추억

잊을 수 없는 좋은 기억
하나쯤은 다들 가지고 계시죠
쌓였던 좋은 추억 하나 쯤은
다들 가지고 계시죠
만약 없으시다면
아직 시간이 남아 있잖아요
아직 삶이 남아 있잖아요

걱정에 대하여

걱정은 처음에는
아주 짙게 다가옵니다
시간이 흐를수록
엷어져 가죠
그러다 어느새
사라집니다

이런 시인이 되고 싶다

눈이 맑은 시인이 되고 싶다
가슴이 따뜻한 시인이 되고 싶다
담배 커피 음악의 조화를 즐기고
냉수 한 잔의 기적을 아는
시인이 되고 싶다
무엇보다도 가장 낮은 곳에 임하는
시인이 되고 싶다